給爸媽的話　引導幼兒自己說故事

幼兒學說話是靠看嘴形、聽聲音來模仿練習的，親子間的互動必定比單憑電視或光碟教學，更能提升幼兒語言學習的效能。

這套「*我會自己說故事*」正好為爸媽提供訓練幼兒說話的材料。我們建議爸媽每天抽出最少10分鐘，以循序漸進方式按下面五部曲和幼兒說故事，為他們語言學習及閱讀興趣的培養奠定重要基礎。

「*我會自己說故事*」系列使用方法五部曲：

1. 爸媽參考書後「故事導讀」，依照圖片給幼兒說故事

爸媽可參考書末的「故事導讀」，並按照圖片內容，以口語邊讀邊指着圖片，和幼兒說故事。當然爸媽也可以增刪、重新創作故事內容，讓閱讀的樂趣得以延伸。

2. 按幼兒感興趣的內容重覆說某一段／某一個故事

幼兒或許會對某一幅圖片或某一個故事感到有趣，而要求您再說一遍。就算您已覺得厭倦，但想到這正是他快樂地吸收語言基礎知識的機會，所以您也不要太快拒絕他。您可按其需要重覆內容1～3次，並試着邀請他跟您說單字、單詞，甚至短句。

3. 爸媽鼓勵幼兒參與說故事

為了鼓勵幼兒參與說故事，爸媽可以在說到某些情節或事物時給予停頓，讓幼兒自行說出故事的一小部分內容。如果幼兒願意嘗試參與說故事時，記得要給予擁抱、讚賞等適當的肯定和鼓勵。

4. 爸媽鼓勵孩子自行試着說故事

有時爸媽會拿着圖書強行要幼兒自己說故事，可是他們十居其九都不會乖乖就範。記着，爸媽鼓勵幼兒試說故事時，要保持輕鬆的氣氛，也要按其需要和興趣而行。

5. 為爸媽／幼兒所說的故事錄影或錄音，隨後播放給幼兒欣賞

現在的通訊科技如此發達，爸媽可以用手機隨時為親子間所說的故事錄音、錄影。這樣除了可以引發幼兒的好奇心和建立其語言表達的自信外，也可以讓他在重溫時激發閱讀樂趣，提升本系列最大的學習果效。

期望透過「我會自己說故事」系列和以上五部曲，您家的幼兒很快也學會自己說故事了！

特約編輯

鄭雅燕

大象的腰帶（動腦思考）

龜兔賽跑 （運用機智）

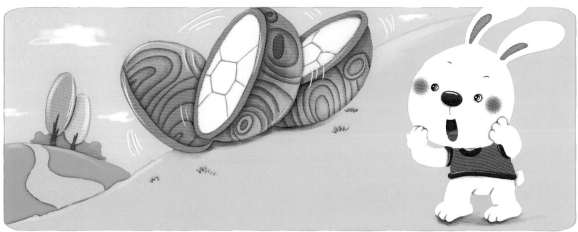

蝴蝶去了哪裏 （仔細觀察）

下雨了 （觀察環境）

秋千壞了 （隨機應變）

小螞蟻的滑梯（發揮想像力）

採蘑菇（隨機應變）

會動的樹枝（運用觀察力）

熊妹妹的花裙子

小猴子建新房子 （考慮周全）

幫月亮做衣服 （先觀察再行動）

河底的橋（學習解決問題）

小老鼠與鬧鐘 （主動學習知識）

蹺蹺板（發揮想像力）

小老鼠的雨傘（改變想法）

小花狗穿新衣（仔細觀察）

聰明的兔子（隨機應變）

會走路的鞋子（臨危不亂）

會動的牀（觀察環境）

小松鼠的燈籠（發揮想像力）

老虎吃糖（善用機智）

南瓜屋（發揮創意）

機智的小兔子（隨機應變）

故事導讀（參考使用）

P2 大象的腰帶（動腦思考）

1. 大象想買一條合適的腰帶。
2. 松鼠店員幫牠選了一條最長的，但是扣不起來，怎麼辦呢？
3. 松鼠把三條腰帶繫在一起，替大象做了漂亮又稱身的新腰帶。

★只要肯動腦思考，每個問題都會有合適的解決方法。

P3 龜兔賽跑（運用機智）

1. 烏龜和兔子要比賽跑步。
2. 兔子跑得真快，不一會兒已經拋離了烏龜。
3. 牠們跑到山坡上，烏龜馬上咕嚕咕嚕滾下山去。
4. 兔子認輸了，烏龜得到這次比賽的冠軍。

★做事不只有一種方法，想一想，或許可以更快成功。

P4 撈月亮（先思考再判斷）

1. 「不好了！月亮掉進水裏了！」小猴子看着池塘裏月亮的倒影，發出嗚嗚的哭聲，引來了小貓和小狗。
2. 牠們決定把月亮撈起來。
3. 但是網子一碰到水面，池塘裏的月亮就碎了。
4. 大家以為自己打碎了月亮，哭得更傷心了。

★要試着去了解真相，不能只以自己的認知去判斷事物。

P5 蝴蝶去了哪裏（仔細觀察）

1. 「蝴蝶，別跑啊！」小男孩正在捉蝴蝶。
2. 蝴蝶飛呀飛，藍蝴蝶停在藍花上；紅蝴蝶停在紅花上；黃蝴蝶停在黃花上。
3. 咦，蝴蝶都去了哪裏呢？小男孩很困惑啊！

★許多事情都要仔細觀察，才能找到答案。

P6 下雨了（觀察環境）

1. 小螞蟻正在商量要去哪裏找食物。
2. 突然下雨了，小螞蟻連忙躲起來！
3. 原來兩隻小螞蟻跑到花盆裏，小朋友正在替小花澆水呢！

★先了解自己在甚麼環境裏，才不會對遇到的事情太過驚慌。

P7 秋千壞了（隨機應變）

1. 小貓、小熊和小松鼠排隊盪秋千。
2. 小熊太重，把秋千繩拉斷了。怎麼辦？小松鼠還沒有玩呢！
3. 秋千修好，但繩子也變短了，現在只有小松鼠能盪秋千了。

★遇到問題要動腦筋，懂得隨機應變的人，方可解決問題。

P8 小螞蟻的滑梯（發揮想像力）

小螞蟻們發現一隻高跟涼鞋。
牠們決定把涼鞋搬回家。但是牠們要涼鞋來做甚麼呢？
原來，牠們把涼鞋當成了滑梯。看！牠們玩得多開心啊！

多運用一點想像力，身邊的事物便會變得更有趣。

P9 採蘑菇（隨機應變）

1. 天氣真好，小兔子琪琪和玲玲到森林裏採蘑菇。
2. 噢！天空突然下起大雨，牠們都被雨淋濕了。
3. 兩隻小兔子找到一朵好大好大的蘑菇，於是牠們站在蘑菇下避雨。
4. 雨一直下個不停，小兔子只好合力撐着大蘑菇，慢慢地走回家。

★遇到問題時不要慌張，大家一起動腦思考，就會想到好辦法。

P10 捉迷藏（細心觀察）

大公雞、梅花鹿和小豬在樹林裏玩捉迷藏。「1、2……10，我要開始找囉！」小豬說。
公雞和梅花鹿都躲好了。
咦！大家都躲到哪裏去？快點幫小豬找一找吧！

處理事情時有很多細節會被忽略，一定要細心觀察才可。

P11 會動的樹枝（運用觀察力）

1. 三隻小鳥站在樹枝上快樂地唱歌。
2. 奇怪，樹枝怎麼會移動的？小鳥們嚇得飛走。
3. 哦！原來牠們把梅花鹿的犄角當成樹枝呢！

★事情如果只看其中的一部分，很容易就造成誤會。

P12 熊妹妹的花裙子（發揮創意）

熊妹妹穿着一件白色的連身裙，真漂亮呀！
哎呀，不小心把番茄汁沾到裙子上了，熊妹妹覺得很難過。
熊貓姨姨來了，牠說：「沒關係，我幫妳把裙子變得更漂亮！」
熊妹妹的白裙子變成了花裙子，真的更漂亮了！

動動腦，用創意把原本不好的事物改變。

P13 小猴子建新房子（考慮周全）

1. 一天，小猴子告訴朋友們：「我決定要建一棟新房子。」
2. 大家都來幫忙了。
3. 房子建好了，可是要怎麼進去呢？原來，小猴子忘記設計門窗了。

★做事前沒有考慮周全，計畫很容易會失敗。

P14 膽小的老鼠（主動學習）

小老鼠看到樹上掛着紅色的東西，覺得很好奇。
「劈哩啪啦」，炮竹突然響起來，小老鼠嚇了一跳，不停地發抖。
隔天，小老鼠看見媽媽在門前掛着紅色辣椒，以為又是炮竹，嚇得轉身就跑。

對於不知道的事情，要懂得向別人請教，了解之後就不會害怕了。

P15 幫月亮做衣服（先觀察再行動）

1. 熊貓裁縫要替月亮姑娘做一件衣服。
2. 衣服做好了，可是也太小了，月亮姑娘穿不下。
3. 衣服改好了，啊！月亮姑娘怎麼又變胖啦？

★事情可能會隨着時間有不同的變化，行動前要先觀察清楚再做。

P16 誰怕誰（運用機智）

1.小老鼠被大花貓發現了，牠嚇得趕緊逃跑。
2.咦，奇怪，大花貓怎麼突然這麼慌張？逃得比老鼠還快？
3.哦，原來大花貓看到了一個可怕的怪物。
4.哈哈，原來怪物是四隻小老鼠假扮的呢！

★朋友有困難時，試着幫他想辦法，一起解決問題。

P17 河底的橋（學習解決問題）

1.小動物們想要過河，但是橋斷了，怎麼辦才好？
2.青蛙找了好朋友鼴鼠來幫忙，牠有甚麼辦法帶大家過河呢？
3.鼴鼠帶着大家鑽進地道裏。
4.哇！從地道出來，大家都已經到了河的對岸。

★有困難時不要退縮，可以動腦思考或請教別人，解決問題。

P18 小老鼠與鬧鐘（主動學習知識）

1.小老鼠撿到一個鬧鐘。
2.牠從來沒有見過這種奇怪的東西，好奇地想把它拆開來看一看。
3.鈴鈴鈴！鬧鐘突然響起來，小老鼠嚇得馬上逃跑了！

★對於陌生的事物，只要多去了解和熟悉，就不會覺得害怕了。

P19 蹺蹺板（發揮想像力）

1.有一根木頭從車上滾了下來，被小狐狸看見了。
2.小狐狸找來同伴，合力把這根木頭搬回家。
3.聰明的小狐狸把木頭變成了一個好玩的蹺蹺板。

★動動腦，運用你的想像力，會創造許多有趣的事物。

P20 小老鼠的雨傘（改變想法）

1.小老鼠在草地上發現一把雨傘。
2.牠用盡力氣把雨傘拖回家，但朋友們都嘲笑牠撿到一件沒用的東西。
3.小老鼠把雨傘當成降落傘，玩得很開心，朋友們有點羨慕牠了。

★每樣東西除了本來的功能外，換個想法或許能讓它有不同的作用。

P21 小花狗穿新衣（仔細觀察）

1.小花狗穿着新衣服，覺得好神氣！
2.牠走在路上，覺得小雞和小鴨好像在笑牠。
3.咦，為甚麼小兔子和小貓也在笑呢？
4.小花狗趕緊跑去照鏡子……啊！尾巴怎麼露出來啦？原來是褲子上破了一個很大的洞。

★要從不同的角度觀察事情，只看其中一個地方，很難發現問題所在。

P22 聰明的兔子（隨機應變）

1.大野狼來到三隻小兔的家，牠用力地敲門。
2.小兔子不肯開門，大野狼生氣的說：「明天我要拿斧頭把門砸開。」
3.大野狼還會再來，怎麼辦呢？牠們想了好辦法。
4.天黑了，大野狼真的帶着斧頭來了。
5.兔子們挖了很深的大洞，大野狼走到門前就掉進洞裏爬不出來了！

★遇到危險時不要慌張，盡量運用機智讓自己安全。

P23 會走路的鞋子（臨危不亂）

1.小狗在樹下發現了一隻漂亮的鞋子。
2.「啊！鞋子怎麼會自己走路？」那隻鞋子突然追着小狗跑。
3.哦……原來鞋子裏面藏着兩隻蹦蹦跳跳的小青蛙呀！真是太頑皮了！

★冷靜對面突如其來的問題，不要逃避，或許能找到解決辦法。